KB253371

부디 우리에게도 햇볕정책을

부디 우리에게도 햇볕정책을

부디 우리에게도 햇별정책을

〈객토 문학〉 동인 제3집

갈무리

2002

3집을 내면서

올해는 유난히 큰 일을 많이 치르는 한 해인 것 같다.

6.13 지방 선거를 시작해 월드컵 축구 4강을 이뤄낸 붉은 악마의 함성, 우리의 고향을 사정없이 휩쓸어 버린 태풍 루사. 지금은 14회 부산 아시안 게임과 북한 응원단이 세인의 시선을 집중시키고 있다. 또 앞으로 진행될 대통령 선거와 우리의 삶을 변화시킬 주 5일 근무제가 기다리고 있다.

이러한 많은 일들이 우리의 삶과 무관한 게 하나도 없다. 마치 보잘 것 없는 하나의 작은 돌의 움직임이 우주의 질서를 바꿀 수 있듯이 사건 하나 하나가 우리 나라 정치, 경제, 사회, 문화를 획기적으로 바꿀 수 있는 중대한 일들이다.

거대한 파도가 밀려오듯 정신없이 벌어지는 변화 속에서 우리가 진정으로 추구해야 할 것은 무엇인가? 미련 없이 버려야 할 것은 무엇이며 목숨걸고 지켜야 할 것은 무엇인가?

오랜 세월 세상 사람들의 관심 밖에서 천대받던 우리가 마침

내 변화의 중심에 섰다. 지금은 비록 변화의 태풍에 많이 휘둘리지만 뒤집어 말하면 우리가 주인된 세상을 만들 수 있다는 얘기가 된다.

우리는 용케 살아 남아 오늘도 현장에서 일하고 있다. 눈 속에서도 짙은 향기를 뿜어내는 푸른 소나무처럼 낡은 작업복이 흠씬 젖도록 절망하면서 내일의 가치를 추구하고 있다. 한 방울 한 방울 땀방울을 그냥 흘려 보내지 않고 세상을 밝히는 등불로 승화시킬 것이다.

산다는 건 끊임없이 싸우는 일이다. 싸워서 이기는 일이다. 싸우고 또 싸워서 마침내 세상을 바꾸듯 우리의 일터를 당당히 지켜낼 것이다. 그리하여 우리의 삶의 질을 끌어올리는 일에 앞장 설 것이다. 이번 3집에 그 과정을 담았다. 많은 애정과 채찍을 바란다.

2002년 시월
〈객토 문학〉 동인

차례

3집을 내면서

문영규

배재운

이규석

정은호

해설

문영규

1957년 합천 생

〈일과시〉 동인 4집으로 활동 시작

1995년 〈마창노련 문학상〉 받음

현재 창원에서 작은공장 노동자로 일함

방 보러 다녔다

방 보러 다녔다
달세 십사만 원
조금 부담이 되긴 해도
그 방이 맘에 들었다

대문을 들어서서
몸채를 돌아 뒤편
햇볕이 들지 않는 방

부디 우리에게도 햇볕정책을

그 방을 얻어도 좋겠다 싶은 것은
마당에 서 있는
키 큰 동백나무 때문이었다

동백은
붉은 꽃을 가득 달고
잎을 반짝이며
말을 걸었다

자욱하다

어쨌거나
자욱한 건 기침만 날 뿐
꽃이라 한들
자욱하니 피어서는
어쩌잔 말인가

앞날은 늘 흐리멍텅하니
황사 속 같은 삶
쿨럭쿨럭 살아도
불안은 걷히지 않고

봄날은 이토록 메마른데
꽃이라 한들
자욱하니 피어서는
뭐 하잔 말인가
뭐 하잔 말인가

소쩍새 소리 듣다

옆방 아이들
왜지런하니 다투다가
기어이 꿀밤 하나씩 먹고 잠든 뒤

갑자기 너무 조용해져서
하다 못해 저런 소리 다
적어두어야겠구나 싶도록 적적하여
하릴없이 귀 기울일 때

가끔 보일러 돌아가는 소리
늦은 술꾼의 대문 소리
밤은 한껏 깊어서
고단한 봄밤은 깊어서
하는 수 없이
불 끄고 잠 청할 때

소쩍새 운다
아주 먼데서
소쩍 소쩍
천주산 중턱쯤인갑다

강 물

다만 그것은
바람이 불고
햇살 화사한 가운데를
흘러가고 싶은 것일 뿐

도대체 꿈이란 것은
썩은 웅덩이에 떠 있는
붕어의 시체처럼
오히려 혐오스럽고
안쓰럽기나 한 것

아무 거리낌 없이
출렁이며 닿을 곳도 모르고
흐를 수 있다면
마침내 젖어서 가라앉을
종이배라도 좋으리

함께 흐를 수 있다면

떠돌이 개

개 한 마리 지나간다
쉬지 않고 여기저기 기웃기웃
코를 끌며 간다

생각해 보니
전생에는 나도 개였지 아마
북실거리는 누런 털이 정겹기도 하고
무엇보다 지금도
이곳저곳 쿵쿵대며
먹이를 많이 가진 사람에게
꼬리치고 싶은 버릇은
개의 습관이다

불안한 눈빛과
축 쳐진 꼬리를 끌고
전생이나 현생이나
하찮은 것에도 놀라 짖어대는
여전히 나는 한 마리
피곤한 떠돌이 개

5.18 광주에서
- 22주기에 부쳐

세월은 우리의 것이 아니었다
지금도 짐승의 것이다
이리의 것이다
사방에 흩어진 뼈들을
아직도 덮어주지 못하다니

검은 리본을 맨
잠자리떼가 날아다녔다
자세히 보니 총탄자국이었다
야만의 자국이었다

스스로 단단하지 못하므로 쌓은
높은 성이었던가
결국 적들만 견고해졌다
어쩌랴
씨앗도 없이 갈아엎은 밭처럼
잡초만 무성해졌다

속죄는 커녕

뒹구는 뼈들을
아직도 덮어주지 못하다니

오월의 광주는
금남로의 눈물은, 핏자국은
눈물이 아니고야 닦이랴
피가 아니고야 씻기랴

그리움이 돋다

도시의 변두리
쪽방에서 혼자 눈감고
까만 생각들 굴리는
눅눅한 밤은 깊어갈 때

소쩍소쩍
소쩍새가 이런 데까지
소쩍소쩍
뭣할라꼬 불여귀

소쩍새와 몇 마디
주고받았는데 그만
오소소소 소름처럼
그리움이 돋다

그만 그리움이 돋아서는
그리움은 두드러기처럼
온 마음에 돋아서는
밤새도록 잠 안 오게 하다

아무에게도
전화 안 오다

아무에게도
전화 못 하다

바퀴

바퀴가 찌그러진
짐차 한 대가 길 옆에 서 있었다
땅거미는 내리는데
아직 팽팽한 바퀴들은
금세라도 달릴 듯
긴장을 늦추지 않고 있었지만
펑크나서 찌그러진 바퀴는
아주 평온하게
생각에 잠겨 있는 게 아닌가

아직 팽팽한 바퀴와
펑크난 바퀴의 차이는 이럴테면
걱정과 안심의 차이가 아닐까
이 세상은
팽팽한 걱정들이 굴러가므로
떠밀려 가는 게 아닐까

참 긴 시간을
팽팽하게 부풀어서

앞바퀴 굴러가는 대로 굴러왔지 뭔가
아무 소리도 들을 수 없었다
아무 것도 볼 수 없었다

이제
깊은 숨 한 번 내쉬고
좀 찌그러져야겠다

오후에

시멘트 바닥에 뒹굴던
씨앗 하나를
흙 속에 묻어 준 적 있었지

씨앗 그대로는
한 개의 가능성일 뿐
아니 한 개의 가능성을 가진
가능성일 뿐
흙으로 가야만 비로소
달성되는 것
아니 달성될 가능성이 있는 것

가볍게 지나친 모든
가능성들에게 미안하다

그러고 보니
나는 너무 오래
시멘트 위에서 버티었구나

생각의 시작

세상이 미워서
염병할 놈의
세상이 싫어서
그까짓
잊고 살지 생각하면
이것은 생각을
싹둑 잘라버리듯
단호한 끝

하지만
신문을 읽다가 울컥 치밀어
삿대질이라도 한다면
여기서부터
생각의 시작
세상의 시작

배재운

1958년 경남 창녕에서 태어남
2001년 제10회 〈전태일 문학상〉 받음

연

골목길을 뛰어가는 아이 하나
연줄을 잡고 안간힘을 쓰지만
연은 짤레 짤레 고개만 흔든다

비닐종이에 플라스틱 살대
등허리에 독수리 그림 찍힌
문방구에서 파는 가오리연
어쩌다 한번 날아 올라도
거미줄같이 얽힌 전깃줄에 목을 매달고

난 대통령이 될 거예요
훌륭한 법관이 되고 싶어요
부자가 될 거예요

저마다 야무진 꿈을 꾸며
앞만 보고 달려온 질퍽한 날들
꺾이고 분노하고 체념하고
지난 세월에 닳고 바랜
먹고 살기 위해

돈에 목을 매달은 슬픈 가오리연

하늘 높이 하얀 방패연 날리며
꿈을 키우던
그 하늘이 그립다

야간작업

한밤에 울려 퍼지는 종소리
엘리제를 위하여
일하던 손 멈추고 우루루 달려간다
쉬는 시간 조금이라도 늘려 보려고
후다닥 밥 먹고
자리 깔고 들어 눕는다

처음 입사했을 때
식판 가득 고봉으로 담은 밥
뚝딱 해치우고도 모자랐는데
한 이십 년 야근하다 보니
이젠 굶어야 속이 편하다

쇠로 만든 기계도 닳아 고장나는데
제 수명 갉아먹는 야간작업
위장인들 무사할 수 있겠는가
종이박스 깔고 아무렇게나 누워
토막잠이나마 청해보지만
잠은 오지 않고

퇴근시간

언제부터인가
통근 버스는 멈춰 섰다

포장 마차에서
잔디밭에서
막걸리 한 잔에
쇳가루 털어내며
서로 위로하며 나누던 정

언제부터인가
자가용 한두 대 늘어나더니
술자리 사라지고
속 터지는 일 생겨도
마음 나눌 사람 없이
따로 따로 굴러간다

공단거리
점점
사람 냄새 사라져가고

길들이기

잎을 떨군 가로수
가지가 잘리고 있다
시멘트 블록 사이
근근히 뿌리박고
혼신을 다해 가지를 키우다
겨울이 오면 사정없이 잘린다

주는 만큼 먹고
원하는 만큼 자라야 한다
주는 대로 받고
시키는 대로 일해야 한다

너무 크면 안 된다
고개 치켜들면 더욱 안 된다

공단 거리
가위질 소리 요란하다

이름만 바꾼다고

편리한 세상이라
컴퓨터에 쫙 뽑은
준비된 양식
이름 쓰고 도장 찍으면 끝이라

청춘을 다 바친
이십 년 세월
허망하게
한 줄도 안 되는 글자로 끝이 난다

두부나 조푸나

정리해고가 희망퇴직으로
이름 바꾼다고
없는 희망이 생기겠나

동의서

어린이 회장선거에 나간다고
부모 허락 받아가야 한다고
도장 찍어달라는 아이
잘 해봐라 열심히 한 번 해봐라
용기는 보태주지 못하고 말려야 한다

회장 한번 하면 기천만 원이 들어가고
아이가 회장이면
엄마도 회장노릇 해야 한다는 말
쉬쉬해도 다 아는 일인데
어떻게 도장을 찍나

아이들끼리
대표 뽑는데
부모 동의서라니
가난한 집 아이
부모 없는 아이는 어쩌잔 말인가

학봉에서

바다가 훤히 보이는
무학산 남쪽 봉우리
오갈 데 없는 몇몇 노인들
두런두런 이야기 나누다
한 노인
바위 꼭대기에 턱 걸터앉더니
크게 소리친다
"여기 내 앞에 와 술도 한잔 치고 절도 한번 해봐라
이만 하면 번쩍번쩍 빛난다 아이가"

모자 벗고 찡긋 웃는데
햇빛은 오히려 쓸쓸하다

습관

올 들어 가장 춥다는 날씨
총총 빛나던 별도 움츠리다 종종 사라졌다

실직한 지 몇 달
밤은 깊고 깜깜하다
가끔 창문을 때리는 바람 소리
아내의 코고는 소리
유난히 크게 들리는 밤
일거리 찾아
하루 종일 거리를 헤매다
온몸이 녹초가 되어도 잠은 오지 않는다

오래된 습관처럼
내 잠재의식 한편에서는
오늘, 야간작업을 하는가 보다

한낮

햇살이 쏟아지는 한낮
참새가 날아왔다

한 마리 두 마리
대여섯 마리는 되겠다
뭐 먹을 게 있을 거라고
손바닥만한 마당을 살피고
화분을 기웃거리고
망설이다 가까이 점점 더 가까이

저놈이……

겁이 없다
얼굴만 찡그려도
놀라 후다닥 달아나더니
영악한 아이처럼
벌써 내 마음을 읽은 것일까

하루 이틀

슬쩍 슬쩍 눈 겨루기 하다
그냥 친구가 되고

불혹에

까치소리
요란타

누가 오려나
대문을 열어보고
골목을 살펴보고
하늘을 바라본다

구름 사이로 쏟아지는 현기증

대문이 낯설다
집도
골목도
하늘도

내가 누구일까
나는 누구였던가
한번쯤은
깡그리 잊고
깡그리 잊고 싶은

십 원짜리 동전

달동네에서

척 하면

볶이는 콩을 보며

실제 상황 입니다

연삭(研削)을 하면서

이름 앞에

어쩌랴 당신도 사람인데

벽송사를 오르며

노고단

이규석

1958년 함안에서 태어남

1987년 〈고주박〉 문학 동인으로 작품 활동 시작

동인시집으로 『누구도 듣지 못한 나팔소리』,

『겨우살이의 노래』, 『내 영혼 가까이』가 있음

십 원짜리 동전

이력서 몇 장 들고
출근 시간에 맞춰 집을 나선다

정보지에 실린 모집 공고를 보며
밤 늦도록 정리한 순서대로
당당하게 나섰던 마음

돌고 돌다
핑계될 수 없는 나이에 무너지고
돌아서 오는 맥 빠진 걸음 앞에
동전 두 개

누가 흘렸을까
누가 버렸을까

무심한 발길에 채이고 밟히는

달동네에서

집도
공장도
하늘의 별만큼 많은
저 세상을 내려다 본다
바둥거리며 살아도
내 작은 몸뚱이 하나
뿌리 내릴 곳 없는 땅
지금은
더 밀려 오를 곳도 없는
어쩌면
이 시대가 만든 불량품인지 몰라
재활용도 안되는 소모품인지 몰라

척 하면

우리는
공장 식당 앞에서 냄새만 맡아도
반찬이 무엇인지 안다
차림표를 보지 않아도
불고기인지 된장국인지를

우리는
작업중에 회의가 자주 열리면
무슨 이유인지 안다
능률과 불량률이 어떻고
그렇게 능청 떨어도
지금은 임금 인상 때라는 걸

고함만 지르던 사장이 갑자기 부드러워지면
무슨 속셈이 있는지 안다
매년 적자에 회사가 어렵다고 하지 않아도
서로 못 볼 얼굴이 또 생긴다는 걸

볶이는 콩을 보며
- 벌겋게 달굴수록 콩은 더 높이 더 멀리 튄다

뒤집힌 솥뚜껑 위에서
달아오르는 숯불에
달달 볶이는 콩들 있다

골고루 볶이도록
주걱 젓는 방향 따라
이리 돌고 저리 돌아 누우며
찍소리 없이

시키면 시키는 대로
주면 주는 대로
말 잘 듣고 일만 하던
이 땅의 노동자

너희 만찬을 위해
뜨거움을 참고 참으며
잘 볶이는 콩들이었지
한 때는 정말 그랬지

실제 상황입니다

UR 융단 폭격을 맞고
신자유주의 지랄탄을 덤으로 맞아
지금 농촌에
살아 있는 사람 응답 바람

연삭(研削)을 하면서

작고 약한 돌들
뭉쳐서 다져서 된 숫돌
인조 다이아몬드로 날(刃) 세워
3600 r.p.m으로
강한 쇠를 깎는
연삭

뻘겋게 녹슨 의식들
정확한 치수만큼 깎고
새 모습으로 거듭나게
불꽃 일으키며
강한 쇠를 깎는 숫돌도
작고 약한 돌들이다

※r.p.m=1분간의 회전수

이름 앞에

손가락질 받지 않고
부끄럼 없이 살고 싶어
내 이름 앞에
칼을 예리하게 갈고 간다

손톱처럼 길어지는 욕심을 깎고
몸을 낮추고 낮춰
무게 중심을 바닥 가까이 두어
한 발 한 발 제겨 디디며 가는 길

때론 매운 풋고추 같온 지극도 필요 히지만
끊어야지 끊어야지 하며 또 피우는 담배처럼
손만 뻗으면 잡힐 것 같은
끊을 수 없는 자본의 유혹 앞에
올무가 되는 무슨 무슨 상을 받기 위해
이력서 꼬리표 하나 더 달기 위해
잘 갈린 칼을 쓰진 않겠다

바람 불지 않아도
소문 내지 않아도

어쩌랴 당신도 사람인데

팔 아프다
어깨 저리다
혼자 끙끙 앓다 잠든 당신

벌이가 적은 내 몫까지 채우려
십 년이 넘도록 말없이
이 공장 저 공장 일용직으로 떠돌다
지금은 학교 급식소에서
한꺼번에 몰려드는 아이들 위해
쉴새없이 움직여야 하는 당신

몸도 마음도 편한 날 없이
고생만 하는
당신 어깨 주무르다
문득 손에 잡히는 뼈마디들

몸이 재산인데
아득바득한 살이 앞에
목에 걸리는 불안이 있다

벽송사를 오르며

객토 동인 작품 토론을
밤 늦게 끝내고 일어난
2001년 12월 2일 일요일 아침
천왕봉은 하얗게 눈으로 덮혔는데
칠선계곡을 비껴
빨치산 토벌 루트 안내판을 보다
아직도
지리산에 갇혀 침묵하는 너의 겨우살이
길 옆에 지금 노랗게 핀 개나리처럼
계절도 시절도 모르는구나

노고단

남북을 가른 삼팔선처럼
산허리를 싹뚝 잘라
군사도로인지
등산로인지
문명의 아스팔트길을 따라
노고단을 오르면
길을 경계로
이 쪽 저 쪽을 가른
야생동물 표지판을 본다

지랄같이
사람 오가는 곳엔 편이 갈리는구나

이상호

1971년 경남 창원에서 태어남

1999년 〈들불문학상〉 받음

현재 울산에서 노동자로 일하고 있음

김씨

태광산업 다니다가
정년퇴직 삼 년 앞두고
정리해고 당한 김씨

퇴직금에 위로금
사업하자는 얘기 들어도
아는 것 없고
괜한 짓에 쪽박 찰 것 같아서
몸으로 때우는 일 찾아 왔단다

아직 학교 다니는 아이들
맞벌이 나가는 아내
이젠 얼굴 보는 것마저 힘들어도
일을 해야 먹고산다며
매주 토요일 하루 쉬는
야간 경비서는
김씨

오늘도

오늘도 면접 보고
현장 둘러보던 사람
고개 절래절래 흔들고 갔다

흘리는 땀에 비해
돈 적다고 간 사람
간다는 말도 없이 간 사람

노동부에
학교에
생활 신문에
사람 구한다고 내 놓아도
오는 사람 없고

일은 밀리고
몸뚱이는 지쳐가고
오늘이 또 간다.

사는 것도 법이야
– 자동차 도장공 정형

밤낮이 없었지, 따지고 보면
전에 다니던 회사 부도나고
아는 사람 소개로
밤에, 주로 밤에만 일 나갔지
한번 나가면 십만 원 이상이었는데
그 짓도 하루 이틀이지
잠 못 자고 그러다가 낮에 일 걸리면
진짜 한숨 못 자며 뛰어다닌 적도 몇 건 있었지
아, 물론 돈은 되었지
하지만 한번 걸리면 불법이라며
최소 몇백만 원 벌금 붙고
언제까지 이렇게 살 순 없다 싶어
결국 여기까지 온 거지
지금?
적지, 적어도 한참 적지 그래도 이 생활이 괜찮다 싶어
조금 더 하다가
내가 하나 차리는 게 꿈이지
언제일지는 모르지만 그것 말고 꿈이 있나
사는 게 막막해

회사 부도나도 누가 내 삶을 책임지나
먹고살려니까 불법도 하는 거지
내 삶을 책임질 법은 없어도
먹고사는 일에 법은 너무도 많아

가불 인생

월급 날
아내는 계산기부터 두드린다

관리비, 수도세, 전기세
어머니 생활비
주택청약예금

맞벌이 할 땐
그래도 적금하나 더 넣고
외식이라도 한번씩은 했는데
지금은
그것마저 없다

내 용돈 쪼개고
기름값 아끼고
생활비 줄여도
병원 갈 돈조차 없단다

좋다

이번 달도 가불이다

나갈 돈은 정해져있으니
내일은 출근 하자말자
또 가불 신청이다.

길 1

교대로 돌아오는 야간출동근무
아홉시 넘어
방어진에서 연락왔다

태광산업 앞을 지나는데
'정리 해고 철회, 일자리를 돌려 달라'
빨간 머리띠 노동자와 용역깡패들
정문을 사이에 두고 마주 서있다

뒤숭숭한 마음 챙기며
현대 자동차 앞을 지나는데
'연말 성과수당 올려달라' 는 플레카드가
바람따라 살랑살랑 춤추고 있다

짤리지 않기 위해
24시간 대기 근무하며
언제 올지 모를 전화 기다리려
이 밤 달려가고 있다

전화

밤 늦게 전화 왔다
계약직 이 년 끝내고
새 직장 찾아간 김형

취한 목소리로
주절주절 거리더니
사는 게 겁이 난단다

떠돌이 일용직 생활
이젠 겁이 난다며
전화가 끊겼다

밤새
사는 게 겁이 난다는 말만
귓가에 웅웅거린다.

정비일지 2
 — 아침회의

깨끗해야 합니다 손님은 왕입니다 기름 묻은 손은 자
주자주 씻고, 기름때 흙먼지 묻은 작업복은 수시로 털
고 갈아입고, 항상 깨끗해야 합니다 특히 차 내부에 들
어가서 수리할 경우에는 신문지등을 깔고 의자에 앉아
야 합니다

하루종일 기름 만지며
차 밑에 들어갔다 나오기를 수 십 번
줄줄 흐르는 땀, 흙먼지에
장갑조차 낄 수 없는 배선작업

갈아입을 여벌의 작업복과
수시로 씻고
수시로 털고 할 시간이 있기는 한가

아침

일 시작하기 전에
속옷까지 흠뻑 젖었다
콤퓨레셔 왕왕 돌고
선풍기 열풍기 되어
돌아가는 아침

알소금 집어 먹고
땀 훔치며
작업 위치로 간다

쨍쨍 내리쬐는 햇볕
시멘트 바닥을
눈부시게 하는데

월급날이
며칠 안 남았다고
생각하는 아침

길 2

오늘도 어김없이
출동이다

수많은 날들 중
출동하지 않는 날이
없겠지만

하루도 쉬지 않고 걸려오는 전화
골목골목
물어물어
밤낮 없이 달리는 길

얼마나 더 찾아 헤매어야
이길 훤하게 갈 수 있을까

얼마나 더 열심히 살아야
이 세상
행복하게 살 수 있을까

이한걸

1950년 강릉에서 태어남

〈94 근로자문학상〉 받음

98경남신문 신춘문예 「수필」 당선

현재 창원특수강(주) 근무

추수

나는 씨를 뿌릴 때
신령한 마음이 부족했습니다
남들 제초제 뿌릴 때
공들여 김매기를 했습니다
남들 놀아가면서
독한 농약에 의지할 때
뙤약볕 아래 몸을 던졌습니다
남들은
쉽게 농사짓는 것에 익숙했지만
요령 없이 미련하다
웃음거리 되었지요
서늘한 바람이 불어오면서
어김없이 풍작일 거라
모두 흥겨워하고 있으나
차분히 조심하는 것은
고지식하기만한 내 농사법이
언제
효과가 있을지 모르기 때문입니다

황새

황새 새끼는
까르르, 재롱만 떨 줄 알았지
어미의 고달픔을 모른다
먹고사는 일이
얼마나 치열한 지 모른다

황새 새끼는
우아한 춤사위만 꿈꾸었지
둥지 밖의 세상을 모른다
먹고 먹히는
살육의 피비린내를 모른다

끝없이 쫓기며
끝없이 싸우며
어미가 먹이를 사냥하는 사이
둥지의 새끼는
모가지가 다 길어지도록
속타는 어미 마음을 모른다

설날 새벽 출근을 하면서

저 이층집은 새벽 제사 모시고
멀리 큰댁을 가야 하는가 보다
찬바람 타고 오는
향내 맡으며 나는 고향을 생각한다
고향은 지금
집집마다 멀리 떠났던 혈육들 모여
밤을 새운 이야기에 늦잠 들고
늙은 아비는 푸근한 마음에 괜히
헛기침이나 하며 제기를 손질할 것이다

일요일도 명절도 없는 삼교대
어쩌다 우리는
설날에도 출근하는가

어둠 속을
덜컹거리며 열차가 지나가고
신나게 고속버스가 지나가고

나는 공장으로 일하러 간다

병태 부부

한밤에 아내가 울고 있다
소리 없이 흐느끼는 울음
달빛 아래 귀뚜리 울음보다 애닳다
겨울은 다가오는데 실직이라니
줄담배 태우며 한숨만 푹푹 쉬는
남편은 면목이 없고

기어이 아내가 팔을 걷어 붙였다
말이 줄어든 아내
애기를 등에 업고
민첩하게 광고지 붙이는 일을 한다
다시 파출부를 하다 우유 배달을 하다
전세금을 빼서 장만한
작은 트럭에 계란을 가득 싣고 다닌다
남편은 운전대 잡고
아내는 마이크 잡고
시장을 누비며
주택가 골목을 누비며

비가 오면 젖을까
바람 불면 깨질까
아침에 나갔다 밤늦게 들어오는 부부는
가계를 갖는다거나 부자가 된다거나 하는
거창한 꿈이 없다
굴리면 굴릴수록 눈덩이처럼 불어나는
황금 알이기를 바라지도 않는다
둥굴둥굴
세상이 둥글게만 굴러 달라 한다

팽이

앉을 수도 없습니다
누울 수도 없습니다
쉴 수도 없습니다
차가운 얼음판 위를
신명나게 돌아야 합니다

일요일도 없습니다
국경일도 없습니다
명절도 없습니다
피 터지게 채찍 맞으며
무조건 돌아야 합니다

한 주일은 새벽 출근
한 주일은 오후 출근
한 주일은 야간 출근
빙글빙글
미친 듯 돌아야 합니다

자연의 세계는 핑계가 없다

아슬아슬한 바위 위에
붉은 향 날리는
뒤틀린 동백나무 한 그루

풍상을 견디며
밤이슬로
뿌리를 키우고
해풍으로
꽃을 피워 내는
놀라운 생명력

나무는 뒤틀려서도
꽃을 피우는데

질경이

마산 석전동 봉화산 아래
봉천사 오르는 언덕 공터옆
꺼먼 씨앗을 품은 질경이 무더기
눈부시게 아름답다

사람들 발길에 밟히면
퍼렇게 일어서고
자동차 바퀴에 깔리면
또 퍼렇게 일어서고
봄부터 가을까지
갈갈이 찢어지는 질경이

왼손 새끼손가락 짤리고
오른손 엄지손가락 짤리고
앞가슴 쇳물 덮어쓰고
흉하게 일그러진
용해공 남준이 모습 같다

개

살 찐 개는 집을 못 지킵니다
도둑이 들어도
강도가 들어도
짖을 줄을 모릅니다
덤빌 줄을 모릅니다
죽어라 일만하는 머슴들은
악착같이 물어뜯으면서
재산 다 털어 가도록
눈만 껌뻑이고 있습니다
달만 쳐다보고 있습니다
짖지 못하는 개가 개냐고
도둑 못 잡는 개가 개냐고

세상 참 시끄럽습니다

싸리 꽃

찢어져라 만개해도
눈길 한 번 받지 못하는

유월에 피는 꽃

인민군에 부역했던 남편
학살당하고
아이 하나 없이
섧게 늙어 가는
앞집 할머니 한숨 같은 꽃

유월이 와도 울지 못하고
유월이 가도 울지 못하고

학살의 피비린내
피비린내 같이 붉은

앞집 할머니 눈물 같은 꽃

비

작렬하는 열기를 견디지 못해
속절없이 시들어 가는 것이 있다
한 방울의 물이 없어
시름시름 말라 가는 것이 있다

많은 곳은 넘쳐 흘러도
우리에게 돌아올 것은 없다

우리 사는 땅은
말할 수 없이
갈증나는 사막 지대

비를
골고루 내리게 할 수는 없을까

한 방울의 물

주5일 근무

황금연휴 황금은 없다

커피와 코피

파견 일용직 월급날

월차

일요일

임단협 타결 경과보고

단체행동권 있으나 마나

야인시대

통념과 상식대로라면

정은호

1965년 경남 진주에서 태어남

1999년 〈들불문학상〉 받음

현재 경남 작가회원으로 활동하며 창원공단에서 노동자로 일함

주5일 근무

정부는 뭐 하는지
말만 꺼내 놓고
답도 없고

국회는
니가 잘나 내가 잘나
날마다 싸움박질

자본가들
기회다 싶어
노동법 개악하려 하고

노동자들
쭈삣쭈삣
서로 눈치만 보고
죽인지 밥인지
밥그릇만 챙기고

황금연휴 황금은 없다

삼일절 놀고

삼월 이일
공장 전체 월차 쓰고 놀고

삼월 삼일
노는 토요일 놀고

삼월 사일
일요일 놀고

경사 났네
경사 났어

공장 다니는 우리

손가락 빨고
살판났네

커피와 코피

출근하면
커피 한잔 뽑아 마시며
담배 한대 피워 물고
숨고르기 한다

동료들 눈도장 찍고
조회 끝나면
귀마개하고도
웽웽거리는 기계소리
열두 시간 교대일 돌아간다
밥 먹고
오줌똥 누는 시간도 함께

셋이나 되는
새끼들 달려드는
집에 오면
아홉시 뉴스 끝나간다

코피 쏟아낼까
두렵다

파견 일용직 월급날

또 그놈의 일용직회사 간부
월급봉투 들고
우리들 작업장에 들어왔다

꼴도 보기 싫은데
참는 건
일용직 동료들 때문

처자식 다 있는데
한 달
몸값은 받아야 하니까

우리들과 같은 작업장에서
힘든 일 더 많이 하는
일용직
똑같은 동료들

쥐꼬리만한 월급
칼질 당해가며

왜 다른 데서 받아야 하나

노동자 피 빨아먹는
파견근로 노동법
신종 인신매매다

월차

이사 오며
집수리 했는데
어찌된 일인지
아랫집 보일러실 천장과
주방에 물 샌다고
야단이다

뭐가 잘못 됐나 싶어
공사했던 사람에게
연락 해보니
통화 안되고
난감한데

출근시간 보니
늦었다

가끔 내는 월차
왜 자꾸 불안한
기분 드는지 모른다

아직도 칼바람 위태위태한
노동자의 삶

일요일

큰놈 작은놈 데리고
집 앞 놀이터에 갔다가
아파트 단지 내
큰 놀이터 가고
잔디밭 체육공원 간다
아이들은 신이 났고
나는 일요일날도
공장에 일하러 간 날들
돌아보게 된다
아이들에게 미안한 생각
앞으로도 계속 될 것 같다
짜장면 먹고 싶다
매달리는 아이들과
오랜만에 짜장면 먹으며
속으로 얘기한다
애들아
오늘은 아주 특별한 날이란다

임단협 타결 경과 보고

에 그라니까
지난 며칠날
본사 노조에서 도장을 찍었다 이말입미더
그라고 나니까
우리 노조도 급물살을 탄깁미더
그전엔 우리도 숱하게
협상을 요구했지만서도
미적미적 하더라고요
에 그라니까
본사 타결내용과 똑같이
임금은 칠만원이 되겠고요
단협은 대학상 학자금을
팔십 프센타 인상 했심미더
에 그라니까
우리처럼 형편이 쪼끔 나은
계열사는 본사와 똑같이
성과금을 백 프센타로 받는데요
형편이 어렵은 계열사들은
못 받는다 안카요

이상으로
임단협 타결 경과보고를
마치겄습미다
질문 있습니껴?

단체행동권 있으나 마나

두 손 두 발 다 들었다
해보겠다는 건지
어쩌자는 건지

노동자 신문에
올 들어
민노총이 집계한
손배 및 압류 금액
총 일천이백육십사 억 얼마
단번에 읽어내기도 힘든
천문학적 숫자

노동자 가족들은 물론
입사할 때 세운
보증인까지 손발 꽁꽁 묶어 놓고
노조탈퇴 종용한다

헌법에 명시된
단체 행동권 있으나 마나

야인시대
– 이천이년 여름

맨날 치고 박고
산으로 간다

백성들
죽든 살든

꿈은 이루어진다
용트림
엉망진창

격돌
또
격돌

잘들 해보라고

대통령!
너거들이?

두한아
인분 뿌려라

* 야인시대 (sbs 월화드라마)

통념과 상식대로라면

주5일 근무
몇천 명 쉬는 것보다
몇 명 쉬는 게
더 쉬울 거고

공익 위해서라도
은행 창구 행원보다
선반씨 용접씨 쉬는 게
더 쉬울 거다

복지 차원으로도
근무조건 열악한
현장 노동자들
먼저 쉬어야 하는 것

통념도 상식도 다 무시하고
공공부분
몇천 명 사업장
먼저 쉬어야 하는 이유

이해가지 않는다

일요일 한번 쉬어 보는
절실한 노동자들
다 버려 두고

임금까지 줄이며
선진국 따라 가겠다면
노동자들
산별 가는 마당
머리수 맞출 일
뭐가 있나

표성배

1966년 경남의령에서 테어남

1995년 제6회 〈마창노련문학상〉 받음

시집 『아침 햇살이 그립다』(갈무리) 있음

현재 경남 작가회원으로 활동하며 창원공단에서 노동자로 일함

저녁햇살

측백나무 졸가리에 나부시 내려앉는 저 나비, 공장지붕
첨탑에 살포시 날개를 걸치는 저녁햇살, 그도 얼마나 고
된 하루였을까? 저리도 앉기 무섭게 눈을 감고 마는가,
선 채로 움직이지도 못하게 내 온몸을 감싸 휘도는 저
날개의 무게

돌아갈 곳이 있다는 것
늘 잊고 사는 우리는 불행하지만
그래도
얼마나 큰 위안인가?
저녁햇살은 공장지붕에 잠이 들고
우린 파블로프 종소리에
스르르
공장 안으로 빨려 들고

웬 놈이냐

급하게 넘긴 점심밥
소화야 되든 말든
커피 한 잔과 담배 한 대 물고
햇볕 잘 드는 잔디밭에
몸을 누인다

스르르 잠든 몸을 누군가
쿡쿡 찌른다

점심시간
밥먹고 나면 남는 삼십분
조금이라도 눈을 붙이려고
김형도 송씨 아재도 필사적으로
밥을 밀어 넣었는데

달콤한 잠을 방해하는 놈이
웬 놈이냐!

배시시 눈을 뜨고

둘러보아도
여기저기
시체처럼 쓰러져 있는 몸뚱이들 뿐

따뜻한 햇볕속 바람 한점 없는데
꽉 닫힌 내 마음을 쿡쿡 찌르는 놈이
웬 놈이냐!

창문 하나라도

하루의 노동이
나날이 쌓여 무거운 짐 되었나

한밤중 깨어 바라 본 천장이
왜 그리 무섭게 다가오는지

이런 날이면 긴 꿈을 꾸고도
기억나지 않는 아침이 무섭다

한 줌 햇살 들어올
창문 하나라도 있으면

저기 먼 곳에 빛나는 별
참 아름답지 않겠는가

어느 날

예고 없이 밀어닥친 부음처럼
당황하게 만드는 일이
또 있을까

몇 년
몇십 년
흘린 땀을 송두리째 부정한다면

어느 날
불쑥
정리해고 통지서를 받는다면

올망똘망한 아이 눈망울
착한 아내 얼굴에
수심 가득하다면

당신
당신이라면

산업전사 1

이른 새벽
공장에 들어섭니다

화단 귀퉁이 빨간 장미 몇 송이
야적장 가로등 불빛 받아
더욱 발개 보입니다

용접 불꽃 그라인드 불꽃
발갛고
상술이 아재 정태형
두 눈 발개져 하얀 담배연기 내뱉습니다

밤새 꿈 한번 꾸지 못한
천장등이
빨갛게 내려다보고 있습니다

산업전사 2

입사한 지 십 년
강산이 변한다는 십 년입니다
매일 아침

좋아! 좋아! 좋아!
짝! 짝! 짝!

안전구호 울려 퍼지는 공장엔
정태형도 상술이 아재도
보이지 않습니다

잔디밭의 잔디 파랗습니다
공장 울타리 밑 키 작은 향나무 향기롭습니다

밤새 무사한 것들만
툭! 툭!
털고 또 하루를 시작합니다

나는 몰랐네

마음 허하면
날 추운 것보다
몸 더 굳어진다는 것을

손발이 뻑뻑하고
입술이 새파랗게 변해도
따뜻한 마음 한 자락이면
봄눈처럼
스르르 녹고 만다는 것을

굳어진 마음 녹이려
공사장 모닥불에 몸 뒤밀어 보지만
벌겋게 달아오른 얼굴 걷잡을 수 없어
마음 더욱 굳어 불안해진다는 것을
나는 몰랐네

일없는 오늘
마음 속 불안 알기나 한 듯
모닥불은

발간 숨을 쌕쌕 몰아쉬며
사그라들 때

불안한 얼굴들
불안한 가슴들
불안한 하루하루들

몰랐구나

겨우내 언 땅 스르르 몸 푸는
한낮
작업장 창문 열고 먼 산 본다

지난 겨울바람에 밤 깊어지는 동안
온 마음 웅크리고
창문 열 생각 잊고 살았구나

내 아이
내 아내
내 무거운 짐에 눌려
감히 일어설 생각도 못하였구나

민둥산 바위처럼
비바람에 뿌리마저 흔들리는
어린 소나무처럼
절박하지도 저항하지도 못하였구나

한 끼 굶는 것이 두려워

하늘 있는 줄, 내
몰랐구나

꽃 잎

비온 뒤
떨어져 나뒹구는 꽃잎

앞만 보고 달려온

그냥 지나쳐 버린 세월
어지러이 가슴을 흔든다

길 위에서

등산로에 단풍잎이
지천이다

오가는 발길에 밟히어
찢어지고 깨어지고 으스러져
쓸쓸하게 겨울을 맞고 있다

발길에 짓밟힌 단풍잎처럼
대우 부평공장 정문
깨어지고 짓밟힌 노동자들

그들도 단풍잎처럼
으스러져 갔다

구조조정

달마다 열리는
아파트 운영위원회
단골메뉴는
고정관리비를 줄여
세대당 지출을 적게 하자는 것이다

가로등도 한 개 건너 켜고
계단청소도 주민들이 직접하고

줄이고 줄여도
크게 작아지지 않는 관리비

결국 사람을 줄이자는
역사적 결단
경비를 한 명으로 줄이자는 것이다

십팔평 칠십여 세대
고만고만한 이들 모여 사는 서민아파트
무어 가져 갈 것이 있느냐고

바람만 분다
   - 선거

바람 분다
온 세상 날려버리겠다는 듯
우우 우우—

무너질래야
무너질 것이 없는
내려갈래야
내려갈 곳이 없는
농촌에도
공장에도
바람만 분다

새벽을 달려온
신문 속 활자들은 잠에 취해 비틀거리고
온종일 땀흘려 잡아도 잡아도
희망이 되지 않는
오늘과 내일이
바람 따라 휘이청인다

참 아름다운 창

이응인(시인)

지금 노동 현장은 낮은 임금과 장시간의 노동, 게다가 시간제 고용과 같은 불안한 고용 조건에 놓여 있다. 거기다 산업연수생이란 이름을 붙여 외국인 노동자들의 노동력을 착취하고 있는데, 이러한 노동 현실이 이 나라에서는 남의 일처럼 사람들의 관심 밖으로 밀려나 있다. 노동 현장에서 하루하루 뼈를 녹이며 살아가는 노동자들에겐 날이 갈수록 불안만 더해간다. 이같이 팍팍한 현실을 반영한 문학 작품이 노동 현장의 안팎에서 불거져 나와야 한다고 생각한다. 그렇지만 현실은 전혀 다르다. 이제 노동문학은 80년대 추억의 사진첩 속으로 사라져 버린 듯이 취급되고 있다. 이런 현실 속에서도 문학에 대한 열정을 사르고 있는 〈객토 문학동인〉들을 만날 때마다 빚쟁이가 된 느낌과 뜨거운 정을 함께 느낀다. 이 글이 그 빚을 털어주지는 못하겠지만 내 자그마한 정을 전하는 악수라도 되었으면 한다.

문영규—자본으로부터 소외당한 인간의 외로움

우리는 저 위대한 자본의 힘 앞에 항복하고 말았다. 물신(物神) 앞에 고개를 조아리며, 그의 충실한 종이 되기에 여념이 없다. 물신은 노동의 주체인 노동자를 노동으로부터 소외시켰다. 일하는 자가 건강하고 자랑스럽고 아름다워야 사람 사는 세상이 될 터인데, 일하는 자가 몸과 마음의 병에 시달리고, 인간적인 대접을 받지도 못하고, 사기와 타락과 파괴의 유혹에 흔들리는 이런 사회야말로 빨리 무너져야할 세상이다. 그렇지만 물신은 점점 더 큰 힘을 발휘하고 있다. 정말 물신으로부터 나를 바로 세우려는 노력이야말로 너무나 고통스러운 일이다. 차라리 이 썩은 강물과 함께 흐르며 즐기는 게 행복일지도 모른다. 그런 유혹으로부터 자기를 바로 세우고자 하는 이는 외로울 수밖에 없다.

바퀴가 찌그러진
짐차 한 대가 길 옆에 서 있었다
땅거미는 내리는데
아직 팽팽한 바퀴들은
금세라도 달릴 듯
긴장을 늦추지 않고 있었지만

펑크나서 찌그러진 바퀴는
아주 평온하게
생각에 잠겨 있는 게 아닌가

아직 팽팽한 바퀴와
펑크난 바퀴의 차이는 이럴테면
걱정과 안심의 차이가 아닐까
이 세상은
팽팽한 걱정들이 굴러가므로
떠밀려 가는 게 아닐까

참 긴 시간을
팽팽하게 부풀어서
앞바퀴 굴러가는 대로 굴러왔지 뭔가
아무 소리도 들을 수 없었다
아무 것도 볼 수 없었다

이제
깊은 숨 한 번 내쉬고
좀 찌그러져야겠다
-「바퀴」 전문

문영규의 눈은 예리하다. '금세라도 달릴 듯' 한 '팽팽한 바퀴' 를 통해 '팽팽한 걱정' 을 읽어낸다. 팽팽한 바퀴의 속도야말로 지금까지 우리가 악착스레 붙들었던 자본의 논리이다. 우리는 속도가 곧 돈이고 돈이 곧 속도인 시대를 살고 있다. 그 팽팽한 긴장을 따라 '앞바퀴 굴러가는 대로 굴러왔지 뭔가'. 정신없이 따라온 우리들에게 남은 것은 무엇인가? 그 동안 우리는 '아무 소리도 들을 수 없었' 고 '아무 것도 볼 수 없었다.' 우리가 숭배해왔던 속도는 우리를 철저하게 소외시켜온 것이다. '도대체 꿈이란 것은/ 썩은 웅덩이에 떠 있는/ 붕어의 시체처럼/ 오히려 혐오스' 러운 것이다(「강물」). 우리가 꾸어온 꿈이란 이처럼 자본에 의해 변질된 허황한 욕망이요, 우리를 얽어매는 올가미이다. 정신을 차리고 보면 나의 실존은 '피곤한 떠돌이 개' (「떠돌이 개」)의 비루한 모습과 같다. 이제 그의 눈에는 '펑크나서 찌그러진 바퀴' 가 '아주 평온하게/ 생각에 잠겨 있는' 모습으로 보인다. 그래서 이제는 '좀 찌그러' 지고 싶은 것이다. 나를 조용히 되찾고 싶은 것이다. 물신에서 해방되어 인간의 자리를 찾고 싶은 것이다.

　이처럼 가만히 자신을 돌아보면, 누구든 울컥 몰려오는 외로움을 피할 수 없을 것이다. 외로움이 밖으로 길을 찾을 때 그것은 그리움이 된다.

　　그만 그리움이 돋아서는/ 그리움은 두드러기처럼/ 온 마

그의 그리움은 근원적이다. 그가 닿은 외로움의 뿌리가 고향을 떠나왔다거나 나이가 들어간다는 그 이상의 무엇에 있다. 그래서 '두드러기처럼', '온 마음에 돋' 는 것이다. 그는 정말로 외로워본 사람이다. 인간이 소외된 이 자본의 시대, 아직도 '세월은 우리의 것이 아니' (「5.18 광주에서」)다. 참담함이여, 그 위에 서 있는 시여.

배재운 — 일은 힘들고 사람 냄새 사라져가고

한밤에 울려 퍼지는 종소리
엘리제를 위하여
일하던 손 멈추고 우루루 달려간다
쉬는 시간 조금이라도 늘려 보려고
후다닥 밥 먹고
자리 깔고 들어 눕는다

처음 입사했을 때
식판 가득 고봉으로 담은 밥
뚝딱 해치우고도 모자랐는데
한 이십 년 야근하다 보니
이젠 굶어야 속이 편하다

쇠로 만든 기계도 닳아 고장나는데
제 수명 갉아먹는 야간작업
위장인들 무사할 수 있겠는가
종이박스 깔고 아무렇게나 누워
토막잠이나마 청해보지만
잠은 오지 않고
　─「야간작업」 전문

　한밤에 찾아오는 야식 시간, 젊었을 적에는 '식판 가득 고봉으로 담은 밤/ 뚝딱 해치우고도 모자랐는데/ 한 이십 년 야근하다 보니/ 이젠 굶어야 속이 편하다.' 그새 '토막잠이나 청해보지만/ 잠은 오지 않고', 온갖 걱정이 비집고 든다. 이 시는 야간작업을 통해 노동이 우리의 삶을 갉아먹는 모습을 또렷하게 보여준다. 야간작업 노동자들의 생활이란 게 바로 '토막' 난 생활 아닌가? 가족과 토막나고, 이웃과 사회와 토막난 생활, 토막잠이나 청해 보지만 어찌 잠이 오겠는가? '하루 종일 거리를 헤매다/ 온몸이 녹초가 되어도'(「습관」) '오래된 습관처럼', '잠은 오지 않는다'. '내 잠재의식 한편에서는/ 오늘, 야간작업을 하는가 보다'. 내 잠재의식까지 파고든 불면과 야간작업은 바로 나를 갉아먹는, 내 생을 갉아먹는 해충이다. 갉아먹히는 인생이라니?

이젠 노동의 건강함만 사라진 게 아니라 노동자들끼리의 인간미도 점점 사라져간다. '속 터지는 일 생겨도/ 마음 나눌 사람 없이/ 따로 따로 굴러간다'(「퇴근시간」). 기계의 부속품처럼 말이다. 우리의 모습은 마치 가지가 잘린 공단 거리의 나무와 같다. 배재운의 시 「길들이기」는 척박한 땅에 혼신을 다해 뿌리박은 나무가 사정없이 잘리는 모습을 통해 '주는 대로 받고/ 시키는 대로 일해야' 무사한 노동자의 슬픈 현실을 읽어낸다.

도대체 내게 있어서 삶이란 무엇인가? 돌아보면 쓸쓸하다. '내가 누구일까/ 나는 누구였던가/ 한번쯤은/ 깡그리 잊고/ 깡그리 잊고 싶은'(「불혹에」) 오늘이다. '구름 사이로 쏟아지는 현기증' 같은 지난 날의 꿈은 어디 갔을까? 갑자기 '낯설다'. '집도/ 골목도/ 하늘도' 또 나도. 배재운과 문영규의 시에서는 이처럼 40대 중반이 돌아보는 삶의 쓸쓸함이 깔려 있다. 그러나 그 쓸쓸함은 낭만이 아니라 자신의 실존을 확인하는 데서 오는 애달픔이다.

이규석 – 쇠를 깎는 숫돌도 작고 약한 돌

이력서를 들고 일자리를 구하기 위해 '돌고 돌다/ 핑계될 수 없는 나이에 무너' 져 돌아오는 길에 '동전 두 개'(「십 원짜리 동전」), 걸음을 멈추게 한다. '누가 흘렸을까

/ 누가 버렸을까'. 왜 하찮은 동전 두 개가 걸음을 멈추
게 할까? 「십 원짜리 동전」은 길에 떨어진 하찮은 동전
두 개와 직장을 구하지 못하고 돌아오는 화자의 동일시
를 통해 찡한 울림을 준다. 사람들의 '무심한 발길에 채
이고 밟히는' 동전이지만 그냥 지나칠 수 없다. 그 동전
과 내가 버려졌다는 면에서 너무 닮았다는 생각 때문이
다. 이쯤에 이르면, 세상에 하찮은 존재는 없다는 사실
을 깨닫게 된다. 내가 하찮은 존재가 아니듯 저 동전도
마찬가지이다. 그런데 현실에서 노동자들은 '찍 소리 없
이', '달달 볶이는 콩' (「볶이는 콩을 보며」)과 같다.

우리는
작업중에 회의가 자주 열리면
무슨 이유인지 안다
능률과 불량률이 어떻고
그렇게 능청 떨어도
지금은 임금 인상 때라는 걸

고함만 지르던 사장이 갑자기 부드러워지면
무슨 속셈이 있는지 안다
매년 적자에 회사가 어렵다고 하지 않아도
서로 못볼 얼굴이 또 생긴다는 걸
　　　－「척 하면」 중에서

그렇지만 우리는 다 알고 있다. '작업중 회의가 자주 열'려 '능률과 불량률이 어떻고/ 그렇게 능청 떨어도' 안다. '지금은 임금 인상 때라는 걸'. '사장이 갑자기 부드러워지면', '매년 적자'라고 심각한 표정을 짓지 않아도 안다. '서로 못볼 얼굴이 또 생긴다는 걸' 말이다. 이 시는 사장의 이중성을 정확하게 꼬집어 폭로하고 있다. 그렇지만 시원하지가 않다. 그 피해자는 노동자들이기 때문이다. 함께 일하던 동료들 중에 또 못볼 얼굴이 생기기 때문이다.

하지만 여기서 주저앉을 수는 없는 것이다. '시키면 시키는 대로', '한 때는 정말 그랬지'(「볶이는 콩을 보며」)만 이제는 아니다. '쇠를 깎는 숫돌도 / 작고 약한 돌'(「연삭을 하면서」)임을 알기 때문이다. '손가락질 받지 않고 / 부끄럼 없이 살고 싶어', '예리하게' 칼을 '갈고 간다'(「이름 앞에」). 우리에게 아직 희망이 있다면 그것은 우리가 우리에게 부끄럽지 않는 것, 쇠를 깎는 작은 숫돌이 되는 길뿐인지도 모른다.

이상호 – 일하는 자의 가불인생

나는 노동이 삶을 건강하게 만든다고 생각한다. 노동 없는 삶은 자꾸만 쓰잘데기없이 시간을 내버리게 하고, 가치 없는 유흥과 타락을 만들어낸다. 뿐만 아니라 사람

과 사람이 모여 이루는 공동체를 무너뜨리고 개인의 이
기심과 암호로 가득한 동굴을 만든다. 사람에게 있어서
가장 본질적이며 사람을 건강하게 만드는 노동이 이제
는 달라져 버렸다. 노동이 점점 노동자들을 옥죄고 궁지
로 몰아간다. 이제 노동은 이중, 삼중의 고통이다. 육체
적 고통일 뿐만 아니라 사회, 경제적 고통이다. 이제 노
동의 회피의 대상이다.

    오늘도 면접 보고
    현장 둘러보던 사람
    고개 절래절래 흔들고 갔다

    흘리는 땀에 비해
    돈 적다고 간 사람
    간다는 말도 없이 간 사람

    노동부에
    학교에
    생활 신문에
    사람 구한다고 내 놓아도
    오는 사람 없고

    일은 밀리고

몸뚱이는 지쳐가고
오늘이 또 간다.
—「오늘도」 전문

　‘흘리는 땀에 비해/ 돈 적다고’, ‘오는 사람 없고’, ‘일은 밀리고 몸뚱이는 지쳐’ 간다. 이것이 현장의 모습이다. 그렇지만 힘든 일이 내 삶을 일으켜주지 못한다. 다만 ‘짤리지 않기 위해/ 24시간 대기 근무’(「길 1」)를 할 뿐이다. ‘내 삶을 책임질 법은 없’고 ‘사는 게 막막해’(「사는 것도 법이야」). ‘이번 달도 가불’(「가불 인생」)인 인생, 정말 ‘사는 게 겁이’(「전화」) 난다. ‘얼마나 더 열심히 살아야/ 이 세상/ 행복하게 살 수 있을까’(「길 2」). 눈물겹다. 이상호의 시는 지금 처절한 삶과 싸움 중이다. 어떻게 피해 볼 수도 없는 싸움이다. 왜, 일하는 사람의 인생이 가불인생이 되어야 하는가? 자꾸 묻지 않을 수 없다.

　한 사람은 부유하고 다른 한 사람은 가난하다면, 그 두 사람은 다 불평등 때문에 타락한다. 가난한 나라가 이토록 많은 세상에서 한 나라가 부유할 경우, 부패의 정도는 훨씬 심각하다.(『스콧 니어링 자서전』, 김라합 옮김, 실천문학사, 2000, 124쪽)

이한걸— 생명을 대하는 신령한 마음

'나는 씨 뿌릴 때/ 신령한 마음이 부족했습니다/ 남
들이 제초제 뿌릴 때/ 공들여 김매기를 했습니다/
남들 놀아가면서/ 독한 농약에 의지할 때/ 뙤약볕
아래 몸을 던졌습니다' (「추수」)

나는 이 시를 거꾸로 읽었다. 제초제를 뿌리지 않고 김
매는 마음, 독한 농약 뿌리지 않고 미련하게 일하는 마
음이야말로 신령한 마음이라 생각한다. 생명을 생명으
로 대하는 마음, 생명 하나하나를 우주로 대하는 마음이
바로 신령한 마음이라 생각한다. 이러한 마음이 모여 사
람 사는 밝은 세상을 만들 것이다. 그래서 그에겐 '거창
한 꿈이 없다'. '황금 알'을 바라지도 않고, '둥글게만 굴
러' (「병태 부부」)가기를 원한다. 이런 신령한 마음으로
보면 길가의 질경이 하나도 그냥 안 보인다.

왼손 새끼손가락 잘리고
오른손 엄지손가락 잘리고
앞가슴 쇳물 덮어쓰고
흉하게 일그러진
용해공 남준이 모습 같다
—「질경이」 가운데

이 시는 '사람들 발길에 밟히'고 '자동차 바퀴에 깔리면' 서 '갈갈이 찢어' 진 질경이를 이웃 노동자의 삶에 비유하고 있다. 이처럼 작고 보잘것 없는 것들을 따스히 바라보는 마음이 그에게는 있다. 「싸리꽃」에서는, 남편은 '인민군에게 부역' 했다고 학살당하고 혼자 '섧게 늙어 가는' 앞집 할머니를 싸리꽃과 동일시하고 있다. 사람들의 눈길 한번 제대로 받지 못한 싸리꽃을 바라보는 그 마음이 분단의 피해로 소외당한 할머니를 바라보는 마음이다. 이렇게 여리고 따스한 마음을 가진 시인에게 팽이에 비유되는 노동 현실은 고통이다.

한 주일은 새벽 출근
한 주일은 오후 출근
한 주일은 야간 출근
빙글빙글
미친 듯 돌아야 합니다
ㅡ「팽이」 중에서

팽이에 비유되는 노동자의 나날은 '미칠 듯' 하다는 게 정확한 표현입니다. 이런 현실은 경험해 보지 않은 사람은 모릅니다. 계속 야간 근무를 하면 좀 적응이 됩니다. 그런데, 한 주일씩 돌아가는 이런 근무는 정말 사람을 미치게 만듭니다. 그래서 '우리 사는 땅은/ 말할 수 없이

/ 갈증나는 사막’이 아닐 수 없습니다. 게다가 ‘죽으라 일만하는 머슴들은/ 악착같이 물어뜯’는 ‘살 찐 개’(「개」)는 노동자를 더 고통으로 몰아 넣습니다. 정말 참혹합니다.

 정은호– 통념과 상식이 무시되는, 열 받는

정부는 뭐 하는지
말만 꺼내놓고
답도 없고

국회는
니가 잘나 내가 잘나
날마다 싸움박질

자본가들
기회다 싶어
노동법 개악하려 하고

노동자들
쭈뼷쭈뼷
서로 눈치만 보고
죽인지 밥인지

밥그릇만 챙기고
-「주5일 근무」 전문

이게 우리의 현주소다. 국회가 국민을 떠난 지는 너무 오래이다. 자본가들은 틈만 노리고 있고, 노동자들은 눈치를 보는 어정쩡하고 답답한 현실이다. 권력에 눈이 먼 정치인들의 행동을 보고 있노라면, '너거들이', '대통령'? '인분 뿌려라'(「야인시대」)는 말이 절로 나온다. 정은호의 시는 모순으로 가득찬 현실을 고발하는 데 바쳐지고 있다. 방송에선 황금연휴라고 떠들어도 '공장 다니는 우리'는 '손가락 빨'아야 하니, 당연히 황금연휴 속엔 황금이 없다. '같은 작업장에서/ 힘든 일 더 많이 하는/ 일용직' 동료들이 '파견근로 노동법'에 따라 '쥐꼬리만 한 월급'(「파견 일용직 월급날」)을 받아야 하는 모순.

'형편이 쪼끔 나은/ 계열사는 본사와 똑같이/ 성과금을 백 프센타로 받는데요/ 형편 어렵은 계열사들은/ 못 받는'(「임 단협 타결 경과 보고」) 뒤집힌 현실. '가끔 내는 월차'도 마음대로 못하고 불안해지는 나(「월차」). 주5일 근무도 '근무 조건 열악한/ 현장 노동자들/ 먼저 쉬어야 하는' 데, '몇천 명 사업장/ 먼저 쉬'는 통념과 상식이 거꾸로 선 현실. 그는 속이 부글부글 끓고 있다. 그래서 그의 시도 목에 힘이 들어가고 팍팍하다.

표성배- 그도 얼마나 고된 하루였을까

측백나무 졸가리에 나부시 내려앉는 저 나비, 공장
지붕 첨탑에 살포시 날개를 걸치는 저녁햇살, 그도
얼마나 고된 하루였을까? 저리도 앉기 무섭게 눈을
감고 마는가, 선 채로 움직이지도 못하게 내 온몸
을 감싸 휘도는 저 날개의 무게.
　　　　　　　　－「저녁햇살」 중에서

　해질녘, 야간 근무를 위해 출근하는 시인의 눈에 잡힌
풍경이다. 울타리나 그 주변 측백나무 졸가리에 나부시
내려앉는 나비와 공장 지붕 첨탑에 날개를 걸치는 저녁
햇살을 바라보는 그의 눈은 남다르다. '그도 얼마나 고
된 하루였을까? 라는 말이 저절로 나온다. 앉기 무섭게
눈을 감는, '내 온몸을 감싸 휘도는 저 날개의 무게'는
아무나 느낄 수 있는 게 아니다. '나는 얼마나 피곤한 하
루가 될 것인가? '가 아니라 '그는 얼마나 고된 하루였
을가? '라고 말할 수 있는 사람만 느낄 수 있다. 나비나
햇살을 통해 표성배가 갖는 이 같은 동화(同化)는 아름답
고 소중한 시선이다. 남의 어려움을 내 것만큼 여길 줄
아는 마음이 있어야 '저 날개의 무게'를 안다. 나비 한
마리, 햇살 한 자락도 시인의 감성을 살아 뛰게 만든다.
　'떨어져 나뒹구는 꽃잎' 보면, 그 동안 '그냥 지나쳐버

린 세월'이 나를 '흔든다'(「꽃잎」). 표성배의 시는 힘든 노동 속에서도 감성이 살아 뛰며 따뜻하다.

> 한 줌 햇살 들어올
> 창문 하나라도 있으면
>
> 저기 먼 곳에서 빛나는 별
> 참 아름답지 않겠는가
> —「창문 하나라도」 중에서

객토 동인들은 이미 서로를 향해 열린 창을 하나씩 가지고 있다. 지금까지 나는 그 창문 너머를 흘끔흘끔 엿보았을 뿐이다. 동인들의 시를 읽으면서 나도 팍팍했다. 미국 중심의 신자유주의 피도가 휩쓸면서 우리의 노동 현실은 전보다 더 열악해졌다. 그리고 이러한 현실을 개선한다는 것도 지극히 어려워 보인다. 그러나, 그래도, 그렇지만 말이다. 이 시집 전체에 흐르는 가장 큰 힘은 일하는 사람의 연대감(連帶感)인 것이다. 저 썩은 물결에 휩쓸리지 않는 건강한 몸과 마음을 가진 이들의 연대 말이다.

마이노리티시선 16

부디 우리에게도 햇볕정책을

초판인쇄   2002년 11월 18일
초판발행   2002년 11월 25일

지은이   객토
펴낸이   장민성
펴낸곳   도서출판 갈무리
등록번호   제17-0161호
등록일자   1994. 3. 3.

주 소   서울 마포구 서교동 467-1호 파빌리온 오피스텔 304호
전 화   02-325-1485
팩 스   02-325-1407
주문·배본   한국출판협동조합 716-5616~9

website http://galmuri.co.kr
e-mail galmuri@galmuri.co.kr

ISBN   89-86114-52-6 04810
        89-86114-26-7 (세트)

★ 잘못 만들어진 책은 바꾸어 드립니다.

이 시집은 경상남도 문예진흥기금 일부를 지원받아 출간되었습니다.

1. **오늘의 세계경제 : 위기와 전망**
   크리스 하먼 지음 / 이원영 편역

2. **동유럽에서의 계급투쟁 : 1945~1983**
   크리스 하먼 지음 / 김형주 옮김

5. **서유럽 사회주의의 역사 : 1944~1985**
   이안 버첼 지음 / 배일룡 · 서창현 옮김

7. **소련의 해체와 그 이후의 동유럽**
   크리스 하먼 · 마이크 헤인즈 지음 / 이원영 편역

8. **현대 철학의 두 가지 전통과 마르크스주의**
   알렉스 캘리니코스 지음 / 정남영 옮김

9. **현대 프랑스 철학의 성격 논쟁**
   알렉스 캘리니코스 외 지음 / 이원영 편역 · 해제

10. **자유의 새로운 공간**
    펠릭스 가따리 · 안토니오 네그리 지음 / 이원영 옮김

11. **안토니오 그람시의 단층들**
    페리 앤더슨 · 칼 보그 외 지음 / 김현우 · 신진욱 · 허준석 편역

12. **배반당한 혁명**
    레온 뜨로츠키 지음 / 김성훈 옮김

13. **들뢰즈의 철학사상**
    마이클 하트 지음 / 이성민 · 서창현 옮김

14. **포스트모더니즘 이후의 정치와 문화**
    마이클 라이언 지음 / 나병철 · 이경훈 옮김

15. **디오니소스의 노동 · I**
    안토니오 네그리 · 마이클 하트 지음 / 이원영 옮김

16. **디오니소스의 노동 · II**